# DISTRIBUTION DES PRIX

## DU COLLÈGE DE FONTAINEBLEAU

### AOUT 1886

# DISCOURS

## Prononcé par M. CLAROU

LICENCIÉ ÈS LETTRES, PROFESSEUR D'HISTOIRE.

---

CHERS ÉLÈVES,

Je comprends et je partage votre légitime impatience ; en la mettant trop longtemps à l'épreuve, je serais le premier puni. Je vous promets donc toute la brièveté conciliable avec la solennité de cette fête, à laquelle la présence d'un délégué du Ministre de l'Instruction publique donne un éclat inaccoutumé[1].

A défaut d'éloquence, je compte sur l'intérêt du sujet pour captiver un instant votre attention. Je vous parlérai d'une question actuelle et vitale, que le patriotisme de gens éclairés a mise à l'ordre du jour : « *De l'expan-* » *sion de la langue française et de ses rapports avec l'ex-* » *pansion de notre nationalité !* »

S'il est vrai que dans l'idée de patrie entre comme

---

1. M. Lachelier, inspecteur général de l'Université.

élément constitutif à côté des traditions historiques, des institutions, des mœurs et du climat, liens multiples, qui nous attachent au sol, — la langue qui, après nous avoir bercés enfants, a formé ensuite notre esprit et notre cœur et sert aujourd'hui à l'expression de nos idées et de nos sentiments; s'il est vrai que la communauté d'idiome soit le nœud, qui unisse le plus intimement tous les membres d'une même nationalité, on voit quel intérêt présente l'étude de l'expansion de notre langue et comment cette expansion est liée à celle de la patrie française.

Nulle langue n'a, dans les temps modernes, excité une plus unanime admiration, nulle n'a plus profondément que la nôtre établi son hégémonie sur les nations civilisées. Au onzième siècle, elle conquérait l'Angleterre; au douzième les Croisades la répandaient en Europe et en Asie mineure; au treizième elle était parlée dans toute la chrétienté; au dix-septième elle était adoptée par toutes les cours d'Europe, soucieuses de copier la cour du « Roi-Soleil ». Au dix-huitième, enfin, l'académie de Berlin proposait comme sujet de concours cette double question : « Qu'est-ce qui a rendu la langue française universelle? Est-il à présumer qu'elle conserve cette prérogative? »

De cette royauté alors incontestée que reste-t-il? L'expérience d'un siècle, interrogée, nous donnera une mélancolique réponse.

Le français est encore « la langue officielle des cours et chancelleries » : les tentatives faites par le Chancelier de Fer, pour ébranler cette situation privilégiée, sont restées jusqu'ici sans résultat. Il est aussi par excellence la langue éducatrice ; en Russie, en Angleterre, en Allemagne, en Espagne, en Italie, il a une place dans tout enseignement soit secondaire, soit supérieur. Comme le latin au moyen âge, il est la langue scientifique internationale : tous les congrès, des revues étrangères et même « des journaux rédigés par des » Allemands », l'emploient pour son admirable clarté, sa précision et aussi en raison de son universalité.

Cet examen peut flatter notre amour-propre, et cependant ne saurait-on demander mieux, pour notre langue, que d'exciter une pure curiosité littéraire, ou de servir au développement intellectuel de ceux qui sont séparés de nous par d'éternelles rivalités. Ce que nous devons souhaiter pour elle, c'est qu'elle avance sur nos frontières, qu'elle jette des racines dans les populations, qu'elle gagne à la France de nouveaux enfants. L'avenir n'est pas aux langues de luxe, aux langues aristocratiques, mais aux langues populaires, à celles, qui présentent avec une glorieuse histoire « tous » les attributs de la vie : la vigueur, la croissance, la » fécondité. »

La nôtre les a-t-elle ? La vérité me condamne à dire que les tristes années, qui ont vu reculer les frontières de notre nationalité, ont vu reculer aussi celles de notre langue.

En Suisse, le français était parlé, il y a de cela un siècle, par un tiers de la population. Aujourd'hui il n'est plus parlé que par un huitième ; le reste, sauf un petit groupe d'Italiens, parle allemand. Il y a cependant, sur la terre helvétique, des cœurs qui gardent avec l'amour de notre langue le sentiment de la patrie première, je n'en veux pour témoignage que le généreux accueil que reçurent nos soldats en 1871 sur cette terre classique de l'hospitalité !

Dans les îles anglo-normandes d'où notre grand poète data ses plus beaux vers, le peuple des villes parle anglais, les habitants de la campagne ont seuls conservé l'idiome de la métropole.

En Belgique, le français est en rivalité avec les langues flamande et wallonne; mais là, du moins, il n'a pas perdu sa prépondérance. C'est par lui que les Belges ont conquis leur indépendance; c'est de lui qu'ils se sont servis pour la rédaction de leur constitution. Nous sommes en droit d'espérer qu'ils ne déserteront pas les traditions de leur histoire.

Dans la Hollande, où depuis la révocation de l'édit de Nantes, notre langue était devenue familière et courante, M. Francisque Sarcey avait peine dernièrement à réunir un auditoire capable de le comprendre. Les générations nouvelles se sont portées vers l'étude de l'anglais et de l'allemand. Des sociétés berlinoises travaillent activement à réveiller la littérature flamande; elles allèguent pour motif de leur sollicitude, que le néerlandais et le flamand sont frères du « Plattdeutsh », (dialecte populaire de l'Allemagne du Nord); en réalité, ce n'est là que l'application des tendances ambitieuses des pangermanistes, qui cherchent à entrer en communication étroite avec les « trente millions d'Allemands » établis en dehors des limites de l'empire. » On n'avoue d'abord que l'intention innocente de réveiller le souvenir d'un vieux dialecte saxon, plus tard on parlera de nationalité germaine et de la formation d'une « Grande Allemagne. » Que nos trop crédules voisins y prennent garde, qu'ils se rappellent qu'en 1813, les soldats de Frédéric-Guillaume chantaient avec leur poète popu-

laire : « Partout où résonne la langue allemande, cela
» doit être l'Allemagne. » Nous avons vu, hélas, ce
vœu se réaliser en partie : la Pologne, le Sleswig, la
Lorraine, l'Alsace avaient, elles aussi, leur patois ger-
main ; aujourd'hui officiellement c'est l'Allemagne, je
dis officiellement, car le régime, qui bannit le français
des écoles, des théâtres, des lieux de réunion, qui im-
pose l'allemand par la menace et la violence, ne peut
arracher des cœurs alsaciens-lorrains le culte religieux
de la langue mère ; elle reste vénérée au foyer invio-
lable de la famille, elle y maintient les idées, les mœurs,
les passions de la France.

Hors de France, le français s'est-il propagé comme
l'anglais, le russe, l'allemand?

Nous ne trouvons qu'un seul groupe de population
en pleine voie de prospérité, c'est le groupe Franco-
Canadien. Les 65,000 émigrés de 1763 sont aujourd'hui
1,300,000 ; sujets britanniques, ils nous ont donné à
maintes reprises des témoignages de leur sympathie
ardente, ils restent nos concitoyens par l'éducation.
Écoutez en quels termes un gouverneur du Canada,
lord Dufferin, faisait ses adieux à ses administrés :
« Mon aspiration la plus chaleureuse pour cette pro-
» vince, a été de voir les habitants français remplir
» pour le Canada les fonctions que la France elle-même
» a si admirablement remplies pour l'Europe. Effacez
» de l'histoire de l'Europe les grandes actions accom-
» plies par la France, retranchez de la civilisation eu-
» ropéenne ce que la France y a fourni, et vous verrez
» quel vide immense en résulterait. »

En Algérie, dans cette « autre France », notre langue
a-t-elle fait de rapides progrès? — Qu'il nous suffise

de rappeler que le décret, qui a organisé les écoles algériennes et qui les a placées sous la tutelle des lois en vigueur dans la métropole, ne date que de trois années. Savez-vous combien dépensait le gouvernement de la colonie pour l'instruction des Arabes? — Cent mille francs, « c'est-à-dire une moyenne de 0 fr. 20 par an et par tête d'enfant. » Nous devons mieux que cela à ceux qui, en 1870 et plus tard au Sénégal, en Tunisie, au Tonkin, ont combattu avec tant de courage sous nos drapeaux; Paris ne faisait que traduire les sentiments de la nation entière en acclamant hier ces enfants de la terre africaine, devenus, par le baptême du feu, les enfants de la France.

Dans les autres colonies, aux Indes, en Cochinchine, au Sénégal, à la côte d'Or, au Gabon, dans la Guyane, notre langue s'étend fort lentement; l'élément français n'est représenté que par des fonctionnaires, tandis que l'élément étranger a conquis une forte situation commerciale.

Quelles sont les causes de l'arrêt d'expansion de notre langue? — Elles sont multiples. — D'abord nos échecs sur le continent, ensuite la stagnation de notre population, enfin notre naïve insouciance au milieu de l'activité débordante des nations civilisées.

A quel moment notre royauté intellectuelle a-t-elle été attaquée pour la première fois? C'est lorsque notre hégémonie politique, fortement ébranlée par les traités d'Utrecht, eut été détruite par le désastreux traité de Paris de 1763. C'est à ce moment que Lessing met en opposition le génie allemand—qui s'était, paraît-il, trop longtemps méconnu, avec le génie français — jusque-là trop admiré.

Survint le grand mouvement révolutionnaire de 1789, accueilli d'abord avec sympathie par l'Europe, par l'Allemagne elle-même, qui vit le philosophe de Kœnisberg, « quitter sa route séculaire..., marcher vers » l'Ouest, vers la route par laquelle venait le courrier » de France » (MICHELET). Notre prépondérance politique et notre suprématie morale furent bientôt rétablies. Les fautes du premier Empire, l'ambition démesurée d'un seul, réveillèrent en Espagne, en Russie, en Allemagne, le sentiment national, le confondirent avec la haine de la puissance, qui semblait devoir menacer toutes les nationalités. L'Allemagne put persuader à l'Europe que le soin de sa sécurité réclamait notre abaissement, notre anéantissement comme peuple. Depuis, la Prusse a conquis dans le concert des puissances la position dominante que nous avions longtemps occupée ; le contre-coup des événements politiques s'est fait ressentir dans le monde littéraire et scientifique, notre influence morale est de tous côtés combattue, des écoles allemandes s'ouvrent là où ne s'ouvraient jadis que des écoles françaises.

Autre résultat des échecs de notre politique continentale : tandis que nous avions à lutter contre l'Europe coalisée, notre empire colonial s'en allait en lambeaux. Vous savez comment les Indes, le Canada, la Louisiane, Saint-Domingue, l'Ile de France, nous échappèrent tour à tour, comment l'Océan d'abord français est devenu britannique, comment l'Angleterre a étouffé en Amérique et en Asie l'essor de l'influence française.

J'ai hâte de vous signaler une seconde cause des difficultés qu'éprouve le Français à lutter contre les idiomes rivaux : c'est la stagnation de notre population.

Nous sommes 37 millions et nous n'augmentons pas,
les Allemands sont 47 millions et doublent en cinquante
ans. Les Russes dépassent 80 millions et doubleront
par la colonisation de la Sibérie. L'Angleterre, peuplée
de 36 millions d'habitants, groupe autour d'elle 300 millions de sujets britanniques. Les autres empires voient
sans cesse augmenter le nombre de leurs clients. Nous
restons stationnaires ; il y a là un danger que Prévost-
Paradol signalait en 1868 dans la *France-Nouvelle.* « Il
» faut, disait-il, considérer comme absolument chimé-
» rique tout projet et toute espérance de conserver à la
» France son rang relatif dans le monde, si ces espé-
» rances, ces projets ne prennent pour point de départ
» cette maxime : le nombre des Français doit s'aug-
» menter assez rapidement pour maintenir un certain
» équilibre entre notre puissance et celle des autres
» nations de la terre. »

Les échecs de notre politique, la stagnation de notre
population, ont amené un arrêt dans la marche expan-
sive de notre langue. Si nous ne voulons pas que le
français aille grossir « la liste funèbre des langues
mortes, » si nous ne voulons pas que la France « soit
un jour, dans le monde anglo-germain, ce que fut
Athènes dégénérée dans le monde macédonien, ou dans
le monde romain, » nous devons travailler à propager
notre langue, gardienne peut-être plus sûre que les
armes de notre nationalité. — Nous devons vaincre
cette trop longue insouciance, ce désintéressement dan-
gereux au milieu de la lutte continue et acharnée que
se livrent les idiomes depuis la légendaire Babel. Nous
devons surtout avoir plus de confiance dans nos propres
destinées. L'Europe restera-t-elle fidèle à notre civili-

sation, si nous altérons l'esprit, le goût français par l'imitation étrangère, si nous abaissons notre génie national devant nos rivaux, devant nos ennemis?

Il est temps de rompre avec de trop nombreuses abdications, il ne dépend que de nous de sauvegarder l'influence des idées françaises, battue en brèche sur tous les continents. Nous avons encore une belle part d'action dans le monde pour la défendre, pour l'accroître; il faut que, comptant moins sur nos gouvernants que tant d'autres soucis assiègent, nous sachions unir dans un patriotique effort nos bonnes volontés et par l'initiative privée agir dans un domaine, qui reste souvent fermé aux hommes d'État. Nous vivons divisés par des questions de politique et de religion; que l'amour et le culte de notre langue nous rallie. Entrons en communication étroite avec nos colonies; de Londres, de Moscou, de Madrid, de Constantinople, qui ont vécu trop longtemps isolées, aidons-les à défendre en pays étranger les idées et le prestige de la France.

C'est surtout hors d'Europe qu'il nous est facile de travailler à l'expansion de notre langue. Nous ne pouvons, comme les autres peuples, la répandre par le fait naturel de la propagation de notre race; mais il nous est permis du moins de la greffer sur les peuplades, qui n'ont qu'un idiome inférieur et que nous gagnerons par l'éducation à nos lois, à nos mœurs, à notre nationalité.

Notre empire colonial, qui en 1815 paraissait anéanti, est aujourd'hui, grâce à de récentes conquêtes, fort respectable. L'Algérie, la Tunisie, le Sénégal, le Congo, Madagascar, l'Indo-Chine offrent un vaste champ à notre activité. Faisons de ces terres longtemps convoitées, chèrement conquises, des terres françaises, faisons de leurs habitants des naturels français. Entreprenons une seconde conquête, celle des âmes et des intelligences. Élisée Reclus nous trace en quelques mots le programme de la meilleure politique coloniale : « Les » vraies colonies de la France, dit-il, sont les pays où » se propagent ses idées, où se lisent ses livres, où se » parle sa langue. » L'école et le livre, tels sont les meilleurs agents de colonisation. Que partout, où flotte notre drapeau, s'étende aussi notre langue; que l'instituteur marche à côté du soldat; qu'il complète son œuvre, qu'il la féconde, et s'il réussit à le précéder, tant mieux : — les conquêtes pacifiques sont les plus durables; — il créera au commerce de nouveaux débouchés, — car, si le commerce suit le drapeau, il suit mieux encore la langue; — il prouvera enfin qu'enseigner le français c'est travailler à l'expansion de la patrie française, c'est servir sa patrie.

Cette œuvre n'est pas seulement de première utilité, elle est encore essentiellement humanitaire et par conséquent en accord avec nos traditions. Toutes les nations semblent animées du généreux désir de combattre l'ignorance et la barbarie; voyez avec quelle ardeur elles se disputent l'Afrique, découverte une seconde fois, et proclament vouloir initier à une vie meilleure, à des idées nouvelles, les peuples encore dans l'enfance. Leurs efforts ne sont pas sans résultats : vous connaissez les regrets du souverain pontife des îles Tonga en face des progrès accomplis : « Les hommes » d'aujourd'hui ne respectent plus rien, tout se déprave, » les saintes traditions se perdent, les coutumes les » plus salutaires sont négligées, et je prévois que, » lorsque je mourrai, on n'étranglera pas ma femme » sur mon tombeau. »

Laissons à ses vaines protestations ce défenseur d'un passé barbare et continuons la mission entreprise. Les populations du Niger et du Congo dévastées par l'esclavage, les riverains du Song-Koï désolés par la piraterie, Madagascar, qui portait déjà au dix-septième siècle le nom de France orientale, voient flotter aujourd'hui le drapeau tricolore, symbole de paix, de civilisation et de liberté. A ceux qui nous accusent de ne point avoir le génie colonisateur opposons l'audace, l'initiative, la persévérance des Rivière, des Flatters, des Faidherbe, des de Brazza. Le jour où tous les peuples, placés sous notre protectorat, auront largement reçu l'instruction et l'éducation que nous leur devons, cette masse imposante de clients parlant la même langue que nous, vivant de la même vie, animés des mêmes passions, citoyens de la même patrie intellectuelle, sera pour nous dans nos revendications européennes un puissant auxiliaire, peut-être même une suprême ressource.

Fontainebleau, 3 août 1886.

Rappelons que, sous la présidence de :

MM.  Tissot, ambassadeur et membre de l'Institut,
       le général Faidherbe,
       le vice-amiral Jurien de la Gravière,
       Ferdinand de Lesseps,
       Mgr le cardinal de Lavigerie,
s'est formée, à Paris, le 21 juillet 1883, l'*Alliance française*.


**L'Alliance française** est une association essentiellement patriotique. Elle a son siège à Paris.

Elle est administrée par un *Conseil* composé de cinquante membres, élu par l'Assemblée générale pour
cinq ans et renouvelé annuellement par cinquième.

Le Conseil correspond avec les comités régionaux et
locaux établis dans tous les pays où l'*Alliance française*
exerce son action.

Pour devenir membre de l'*Alliance française*, il faut
adhérer aux statuts et adresser une demande au Conseil,
ou être présenté par deux membres à l'un des comités
régionaux ou locaux.

Les femmes peuvent faire partie de l'Association.

L'*Alliance française* se propose de faire connaître et
aimer notre langue dans les pays soumis à notre protec-

torat, dans nos colonies et à l'étranger; de favoriser, dans les contrées encore barbares, la fondation et l'entretien d'écoles où s'enseigne la langue française; partout enfin, d'entrer en relations avec les groupes de Français établis hors de France, afin de maintenir parmi eux le culte de la langue nationale.

La diffusion de la langue française hors de France offre un moyen très efficace et très pratique d'accroître les relations, de faciliter les *exportations du commerce français* et, par conséquent, d'augmenter la production nationale. Ce n'est pas en un jour, sans doute, ni en un an, que cet heureux résultat pourra se produire. Mais, avec de la persévérance, l'*Alliance* peut être assurée du succès.

Déjà, notre association compte près de 12,000 adhérents, son budget dépasse 200,000 francs, sans parler des budgets particuliers de nos comités d'action à l'étranger. Elle a distribué des subventions importantes, des livres, des médailles, envoyé des maîtres aux écoles françaises du Sénégal, de la Tunisie, de l'Égypte, de la Syrie, de l'Arménie, de la Mésopotamie, de l'Océanie française, etc.

L'*Alliance* fait donc appel avec confiance aux hommes de bonne volonté de toutes les opinions, de tous les partis, à tous ceux qui aiment leur pays.

Elle accepte les dons en nature, et elle a fixé assez bas le minimum de la cotisation annuelle (6 francs), pour que tous puissent venir à elle.

Nationale par l'esprit et par le cœur, elle doit l'être aussi par le nombre de ses adhérents. Elle conserve d'ailleurs toute son indépendance de société privée. N'engageant que sa responsabilité propre, elle pourra agir avec plus d'efficacité et de résolution.

L'*Alliance* compte dans le département de Seine-et-Marne deux délégués chargés de recueillir des adhésions, et de former un comité de propagande :

*Pour l'arrondissement de Melun :*

M. Marchand, professeur de rhétorique au collège ;

*Pour l'arrondissement de Fontainebleau :*

M. Clarou, professeur d'histoire au collège.

Fontainebleau. — M. E. Bourges imp. breveté.